KB105872

반
나
절

반나절

발행일	2019년 3월 29일		
지은이	정현		
펴낸이	손형국		
펴낸곳	(주)북랩		
편집인	선일영	편집	오경진, 강대건, 최승헌, 최예은, 김경무
디자인	이현수, 김민하, 한수희, 김윤주, 허지혜	제작	박기성, 황동현, 구성우, 장홍석
마케팅	김회란, 박진관, 조하라		
출판등록	2004. 12. 1(제2012-000051호)		
주소	서울시 금천구 가산디지털 1로 168, 우림라이온스밸리 B동 B113, 114호		
홈페이지	www.book.co.kr		
전화번호	(02)2026-5777	팩스	(02)2026-5747

ISBN   979-11-6299-616-4 03810 (종이책)   979-11-6299-617-1 05810 (전자책)

이 도서의 국립중앙도서관 출판예정도서목록(CIP)은 서지정보유통지원시스템 홈페이지(http://seoji.nl.go.kr)와
국가자료공동목록시스템(http://www.nl.go.kr/kolisnet)에서 이용하실 수 있습니다.
(CIP제어번호: CIP2019011140)

정현 시집

반
나
절

북랩 book Lab

목차

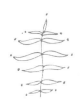

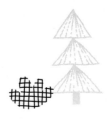

반
나
절

안개

당신은 인기척 없이 다가와
은은히 퍼졌고 당신을
걷게 만들곤 했죠

제 모든 결함을
당신은 안아
가려주었습니다

그 속의 피어난 꽃을
찾았을 땐 얼마나 기뻤는지

당신의 품에서
지금 전합니다

실수

가로등이 켜지면
비로소 까마귀는
날아올랐다

불빛은 깜박이며
추락하는 까마귀에
눈시울을 넘나들었다

언젠가 날갯짓은
가로등을 주시했고
반짝이는 불빛 아래
영원한 비상을 염원했다

흐린 날

여백 하나 없이 뒤덮이는
먹구름은 그대의 심정인가

목마른 호수의 간절함 그리며
담담히 웃는 그대의 온정인가

낙하산 하나 없이 떨어지는
빗방울은 그대의 심정인가

우산도 없이 손바닥 펼쳐 온전히
빗물을 받아낸 그대의 위로인가

애써라는 말로 그대를 적시기엔
오늘의 날씨는 충분히 흐렸다

23시

종착지를 알 수 없는 버스
번호판조차 없는 버스

버스를 타면 내야 할 영화표
그것이 없어서 타지 않았다

정류장이 나의 쉼터라고
생각했던 걸 알아차린 걸까

그럼에도 버스 기사는 몇 번이고
내 앞에 멈춰서 문을 열었다

의심스러운 필름에 기대어
턱을 괴는 연습은 부족했지만

이번이 막차다

존재

나의 눈과 손으로
볼 수 없는 것과
잡을 수 없는 건
너무나도 많았지만

밤이 온다면
별을 볼 수 있듯이

그대가 온다면
손 잡을 수 있었습니다

걸음

나는 땅과 함께 걸었다

다급한 나의 발걸음엔
땅도 함께 다급해져

조심스런 나의 발걸음엔
땅도 함께 은밀해져
조용하게 입을 다물었다

추적추적 내리는 비와
펑펑 쏟아지는 눈 또한
다정하게 알려주었다

그래서 걸을 수 있었다

겨울 꽃

하얀 눈들이 제 몸에 쌓입니다

하얀 온기 내뿜으며 이 추위 속에
불평하며 있을 그대 생각을 하니

쌓인 눈들이 그저 반갑습니다

하늘에 눈들이
이어져 제 마음

그대에게도 전해진다면
눈송이로 꽃 한 송이
만들어 그대에게 바칩니다

반
나
절

포기

헤어질 수 없는
아쉬움을 만났다

그날을 떠올리면
별을 꺼버린 밤처럼
깜깜해졌다

훗날 다시 한번
태어나지 못한다면
그래서 아쉬움과
작별할 기회조차 없다면

난 정말 상할 것 같다

우산을 깜박할 것 같아요

날씨가 우중충한 게
곧 비가 올 거 같아요

그쪽이 들고 있는 건
우산인가요?

아 저는 급하게 나오느라
우산도 못 챙겼네요

같이 쓰기엔 좁지 않나요?
분명 불편할 거예요

우산 속은 날씨가
다른 것 같아요
신기하죠

내일도 비가 온다더군요
내일도 왠지

교실

회색빛 자리에 앉아
골똘히 생각했습니다

무엇이 문제인지
생각을 해봐도 답이

없다고 생각이 들 때
선생님께선 말씀하셨죠
그럼 답이 없다고 적으렴

참 답 없는 선생님이었습니다

빈 교실

회색빛 머리를 하곤
자리에 앉았습니다

금이 간 칠판에서
떠오르는 추억들은

그토록 좇던 정답보단
오답이 더 많았단 걸
지금에서야 알았습니다

참 명쾌한 선생님이셨습니다

운명

그대와 내가 믿고 있던
가느다란 실오라기 한 줄

혹시나 끊어지진 않을까
조마조마해 잠들 수 없답니다

힘없이 잘려나간
가느다란 실오라기 두 줄

그런 실오라기
아직도 놓지 못해

운명이란 단어에
기댈 수밖에 없답니다

잔가지

열심히 가꾼 나무 한 그루
볼 때마다 웃음이 납니다

그런데 어느 날 불쑥 튀어나온 잔가지

나는 그게 너무 거슬려서
볼 때마다 심술이 납니다

저걸 잘라내야 할지 한참

망설이다 내 나무 아플까

심술부터 잘라냅니다 싹둑.

남들처럼

들길에 핀 꽃 하나 꺾는 게
저한텐 어려운 일입니다

누군가는 흥얼거리며
아무렇지 않게 하는 일이

저에겐 구름 사이에 핀 꽃을
꺾는 것처럼 너무나 어렵습니다

고개를 숙이고 눈 감으면
꽃은 더 크게 자라겠지만

그림자도 방해가 될까
이내 자리를 떠납니다

벚꽃

벚꽃이 피고 하루의 시작
허락받지 아니한 그런 개화

차들은 아주 바빠서
봄의 탄생을 지나치고

털갈이하는 고양이는
쌀쌀맞게 모른 척해도

나만큼은 여기 서서
벚꽃이 지고 하루의 끝이
올 때까지 지켜보겠노라

문신

살다 보니 벙어리가 되었다

하고 싶은 말은
살갗에 적었지만

고통을 견디지 못한 악필이
부끄러워 살갗을 가렸다

그렇다 해서
너에게 적는다면

가장 이쁜 글씨로 쓴
가장 아픈 문신으로 남을 거라

그냥 벙어리가 되었다

부탁

햇빛을 피하려
초록 잎사귀에
숨었습니다

들키지 않으려
양 볼은 한숨을
가득 머금었지만

더 이상 참지 못하고
숨을 내쉬다 그만,
구름에게 들켜
소나기가 내립니다

하는 수 없이
잎사귀에 두 손을
모으고 인사하며

좀 더 힘내 달라고
부탁합니다

염증

순수로 남아주길
바라는 마음이야
누구나 있을 거라

염증을 감싸 안은
빈손을 바라보며
묵묵히 믿었지만

비수만 남아돌아
가득 찬 주머니엔
반창고는 없었다

생명

등불은 타오르길 희망한다

편지

아끼는 종이 한 장
애지중지 해야 했는데

정성이 부족했는지

먼지가 묻기도 하고
물에 젖은 흔적,
어딘가는 찢기기까지

이젠 추억을 적어

비행기로 날려야 하나 봅니다

도전

우리는 하루를 도전한다

오늘의 시작이 내일의 시작과
이어지길 바라는 고귀한 도전

숨이 다할 때까지
실패할 일 없는
끝이 없는 시작의 반복

하물며 숨이 다한다 해도
하늘 높이 쌓아 올린 성공의 탑
그 위에 얹어질 하나의 실패일 뿐

우리는 그런 하루를 도전 중이다

시선

구원의 손길이 위선이 될까
손을 붕대로 감았습니다

노력의 발걸음이 조롱거리가 될까
다리를 붕대로 감았습니다

인내의 육체가 시기로 다가올까
몸통을 붕대로 감았습니다

그렇게 웃음거리가 된 저는
얼굴을 붕대로 감아야 했습니다

태양

누구보다 외롭고 고독하게 살아라

닿을 수 없는 하늘을 욕심냈던

당신에게 가장 어울리는 벌이다

수많은 별들의 마음을 헤아리기엔

너무 늦었다

별종

혹시라도 별들이
스스로를 의심했다면

　　빛나는 별은 없었을 것이다

그들의 별빛이

특별하다 해도

스스로를 의심했다면

은하수는 없었을 것이다

반
나
절

정전

남들의 절규는
나의 유희였고

남들의 비명은
나의 오락이었다

죽어가는 시계의
마지막 가르침이
나를 겨누었을 때,

나는 결국 정전을
맞이해야 했다

낮잠

무심한 바다 아래
셀 수 없는 기포들이
숨을 쉬고 사라졌다

시끄러운 해와 달,
틈 사이에 껴 있던 시체는
숨이 막혀 사라졌다

나는 아무 말도 없이
자리를 떠났고

오로지 나만 아는
낮잠을 잤다

약속

춥고 배고픈 설산을 올랐습니다

굶주린 눈보라는 나를
집어삼킬 듯 덮쳐왔고

점점 무거워지는 발은 나를
탓하며 짜증을 냈습니다

하얗고 순수한 눈길에
검은 발자국 남겨
죗값을 치르나 봅니다

그럼에도 멈출 수 없어
묵묵히 걸어 나갑니다
눈길은 저를 용서하고
발자국을 지워주겠지요

그렇게 우린 약속을
지키고 있는 겁니다

죄인

나는 왼팔이 없다

오래도록 떨어진
팔을 찾아다녔고

다시 팔을 붙이려
실과 바늘을 만들었다

얼마 안 남은 명줄에서
후회의 실을 뽑아냈고

사라진 송곳니처럼 모난
생에서 바늘을 건져내었다

그렇게라도 해서
떨고 있을 왼팔의
사죄를 받고 싶었다

기다리다

밑동이 잘린 나무에 앉아
기다림을 시작했다

익숙하지 않은 인내는
정지를 의미했고

차오르고 있는 보름달이
눈 한번 감아주지 않아

잠에 빠진 사람처럼
흐리멍덩한 잠꼬대로
하루를 허우적거렸다

열쇠

새장 안에 깃털만 남았다

새가 남긴 무수히 많은
행방을 깃으로 기록했다

깃은 점점 닳아 없어져 갔지만
아랑곳하지 않았고 마지막 깃을 들어

햇빛의 따스함을 적었다

꿈

어젯밤 꿈이
제게 찾아와

주고 간 선물을
한참을 고민하다

열어봤습니다

절벽 끝에 내몰린

아득한 꿈에, 선물이

다음에도 온다면

받을 수 있을까요

공포심

남들보다 가위에 잘 눌렸다
밤이 되면 움직이지 못했고

스산해지는 어둠을 마주해야 했다

항상 눈을 질끈 감았고
밤이 끝나길 기다렸다

그러기를 수십 날, 궁금해졌다
어둠 앞엔 뭐가 있을까

눈을 살짝 뜨고
응시한 어둠엔

아무것도 없었지만
나는 여전히 무서웠다

저울

조용한 밤공기를
가르는 폭포처럼

당신의 핏물도
무섭게 내리쳤다

그런 새빨간 피를
가진 당신에게

무게의 차이는
손가락만 못했다

단풍

남몰래 불타다
재로 남기 전에

붉게 물든 제 마음을
단풍에게 주었습니다

겨울이 슬피 울어도
낙엽으로 남지 말고

꼭 그대에게,
붉은 단풍 전해주렴.

무지개

푸른 하늘을 바람으로
긁어 상처 냈습니다

성난 하늘에 곧 폭풍우가
다가올 것만 같았습니다

그대는 어딘가에서
반짝이는 무지개
들고 와 하늘을 달랬습니다

손이 무지개 색으로
물들어 빛날 때까지
사랑했습니다

마녀

숲에 사는 마녀는
가끔이지만 물을 뜨러
계곡으로 내려온대

산에 흙을 입히고
나무로 못질한 것도
그녀의 짓일 거야

길을 헤매던
아이가 죽은 날
사냥을 시작했다는데

이름 없는 나무관 위에
흙을 덮기 위함일 거야

역병처럼 퍼지는
소문일 뿐이지만…

각오

태산을 뒤엎은 불길이
아무리 거세다 해도
의지 같은 건 없다

또한 그 불길 위로
차가운 비가 내린다 해도
딱히 의지가 있는 건 아니다

각오는 그렇게 세워야 한다

지우개

깨끗하고 맑은
너의 영혼을 위해

더럽고 탁한 색을
남김없이 지워줄게

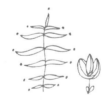

대신, 까맣게 변한
나의 영혼을 위해

닳아 사라질 때까지
옆에 두고 꽉 잡아줘

반복

나의 오늘이 반복됐다

오지 않을 내일에 구걸하지 않았고
갈 수 없는 어제에 변명하지 않았다

수많은 오늘 가운데서 너를 만났고
고동치는 심장에 귀를 기울였다
나의 하루 속에서
너의 하루가 반복됐다

공책

줄곧 써 내려간 글들 속에는
빈틈이 너무나 많은 까닭에
바라던 정상에 닿지 못했다

분명 필요하다 생각했지만
쌓여가는 공책은 무엇 하나
힘이 되지 않아서, 여태껏

바라던 정상에 닿지 못했다

피아노

피아노를 쳤던 숱한 날들,
아름다운 선율은 쉬지 않았다
고된 연습에 지쳐 있던 찰나에
건반을 베개 삼아 잠들었고
피아노는 그런 나를 깨웠다

"아파"

피아노가 맞았던 숱한 날들,
멍이 서린 건반과 겁먹은 페달
그의 울음이 새겨진 악보만이
나의 연주를 지그시 노려봤다

물감

낡은 나의 팔레트엔

아픔을 담고 있는
붉은색의 물감과

생기를 불어넣을
초록색 물감 그리고

바다를 헤엄치는
파란색 물감이 있다

칠흑 같은 검은색이
되지 않기 위해서
수많은 핑계를 그려왔다

변호

무죄를 위한 재판이라
의심치 않았다

살아온 나날이 적힌
일기를 증거물로 썼고

넋두리의 술자리를 열어
신세를 타령했다

재판이 시작된 후,
밝았던 나의 웃음은
점차 씁쓸해져 갔다

증인을 찾을 수 없어
끊임없이 스스로를 변호하다

유죄를 위한 재판이
끝나가고 있음을 알게 되었다

장맛비

차디차게 내리는 비에
오갈 데가 없어진 저는

처마 밑에 갇혀 몸을 지킵니다
제 앞을 지나가는 사람들의
우산이 부끄럽게 젖고 있습니다

만약 평생 비가 안 그친다면
여기 평생 서 있어야 할까요

억수같이 쏟아지는 비에
젖는 건 우산만이 아닌 모양입니다

행운

간절하지 않은
사람은 없어요

당신이 정말로
간절하다고 해도

이루어지지 않은

단 하나의 이유죠

도서관

언제부턴가 도서관에 와도
동화책을 집을 수 없었습니다

두껍고 어려운 책을 읽어야
나잇값을 하는 것도 아닌데

빛이 바랜 책들을 지나치다
문득 낡아가는 책과 만났습니다

그 앞에서 망설이던 나는
헛기침에 놀라 도망쳤지만

도서관엔, 언제나
동화책이 기다리고 있습니다

연

푸른 하늘에 낚시질을 즐겼다
허공에서 춤추는 연은

땅만 보며 걷던 많은 이의
눈길을 낚았으리라

바람이 있다면 지금 청해보자
그래야 더 높이 날 것이니

소망을 한가득 담은 만선은
우리들의 축제가 끝나면
연을 등대 삼아 출항할 것이다

구름

바다를 헤엄치는 파도는
당신이 만든 균열이에요

파도가 부딪친 방파제는
당신이 만든 벽이에요

파도는 끝내 구름이 되어
벽을 넘었지만
당신의 마음속에
메마른 곳은 없었습니다

다행이다

아파하는 사람들이
내가 아니어서,

울고 있는 사람들이
내가 아니어서,

사고를 당한 사람들이
내가 아니어서,

다행이다

그럼에도 내가 행복하지
않아서 정말 다행이다

새벽

아침이 되면 꽃을 찾아가
눈물을 닦아주었습니다

얼마나 슬프면 매일 이럴까
발걸음을 멈출 수 없었습니다

내 마음에도 큰 슬픔이 온 날
나는 꽃을 찾아 또 숲을 갔고

꺾었습니다, 그렇게 혼자
한참을 울었습니다